Le vieux qui lisait des romans d'amour

FichesdeLecture.com

Le vieux qui lisait des romans d'amour (Fiche de lecture)

I. INTRODUCTION

Le vieux qui lisait des romans d'amour est un roman écrit par Luis Sepulveda, un auteur chilien. Il est publié pour la première fois en 1992, et immédiatement traduit dans d'autres langues. L'intrigue se déroule en pleine forêt amazonienne.

II. RÉSUMÉ DE L'ŒUVRE

1. Les quelques habitants d'El Idilio attendaient sur le quai leur tour de s'asseoir dans le fauteuil mobile du dentiste, le docteur Rubicondo Loachamín. À quelques pas de là, l'équipage du Sucre chargeait des régimes de bananes vertes et des sacs de café. Le bateau devait appareiller dès que le dentiste aurait terminé de réparer les mâchoires, pour rejoindre le port fluvial d'El Dorado à quatre jours de lente navigation. Le docteur Loachamín venait deux fois par an à El Idilio, tout comme l'employé des Postes. Le dentiste avait fini d'opérer son dernier client lorsqu'apparut la pirogue d'un Shuar. Arrivé près du Sucre, le Shuar expliqua au patron du bateau qu'il avait trouvé un gringo mort et qu'il le ramenait dans sa pirogue.

2. Le maire arriva sur le quai en se tamponnant la figure. Il donna l'ordre de hisser le cadavre. Les Shuars expliquèrent qu'ils l'avaient trouvé en aval, à deux journées de là. Une plaie traversait le mort, du menton à l'épaule gauche. Le maire accusa aussitôt les Shuars du meurtre. Ceux-ci reculèrent en niant fermement. José Antonio Bolivar s'interposa en expliquant que ce n'était pas une blessure de machette mais de griffes d'ocelot femelle. L'animal a marqué sa proie en pissant dessus. Le mâle doit rôder près de

là, peut-être blessé, expliqua-t-il. Des peaux d'ocelots très petites et des cartouches de fusil furent trouvées dans les affaires du mort. José Bolivar expliqua que le gringo avait tué les petits et sûrement blessé le mâle. Maintenant, la femelle rôde, folle de douleur. C'est l'homme qu'elle chasse. Elle va chercher le sang de plus en plus près des villages. Une ocelote folle de douleur est plus dangereuse que vingt assassins réunis. Le maire ne répondit rien et s'en alla rédiger une dépêche pour le poste de police d'El Dorado.

Assis sur les bonbonnes de gaz, le dentiste et le vieux regardaient couler le fleuve. Le dentiste avait oublié de dire au vieux qu'il lui avait apporté deux livres. Les yeux du vieux s'allumèrent. Antonio José Bolivar Proaño lisait des romans d'amour et le dentiste le ravitaillait en livres à chacun de ses passages. Le dentiste aimait les négresses et un soir qu'il s'ébattait avec l'une d'elles, une fille d'Esmeraldas prénommée Josefina, il avait vu un lot de livres sur la commode. À partir de cette soirée, Josefina sélectionnait deux livres tous les six mois et le dentiste les apportait aux vieux qui les lisait dans la solitude de sa cabane. Le vieux prit les deux livres et déclara qu'ils lui plaisaient. Il confia aussi ses craintes que le maire ne médite une battue et qu'il fasse appel à lui. Il savait l'animal grand, avec des griffes de cinq centimètres au moins. Une bête pareille était certainement très vigou-reuse. Le vieux allait sur ses soixante-dix ans. La cloche du Sucre annonça le départ. Le vieux resta sur le quai, puis, il se dirigea vers sa cabane en serrant les livres contre lui.

3. Antonio José Bolivar savait lire mais pas écrire. Il habitait une cabane en bambou d'environ dix mètres carrés meublée sommairement. Sur un mur était accrochée une photo. L'homme était vêtu d'une impeccable veste bleue, la femme portait de beaux atours. José Bolivar et sa femme s'étaient connus enfants à San Luis, un village de la Cordillère et s'étaient mariés à quinze ans. Ils vivaient en se contentant du strict minimum. La femme n'étant pas encore enceinte, les commentaires allaient bon train. Peut-être qu'un changement de climat corrigerait la déficience dont souffrait l'un des deux époux. Après trois semaines de voyage, le couple débarquait à El Idilio et commença par se construire une cabane précaire. Ils semèrent des graines mais la terre était trop pauvre. Les pluies la lavaient continuel-lement de sorte que les plants ne recevaient pas la nourriture nécessaire et mouraient sans fleurir. Dolores Encarnación del Santísimo Sacramento Estupiñân Otaval ne résista pas à la deuxième année à El Idilio et s'en fut, emportée par une fièvre ardente, consumée par la malaria. José Bolivar,

resté seul, apprit la langue des Shuars et à se servir de la sarbacane et de la lance. Il cherchait la compagnie des Shuars et ceux-ci le recevaient généreusement. Après cinq ans, il sut qu'il ne quitterait plus le pays. Il apprit des Shuars à se déplacer dans la forêt. Beaucoup plus tard, il eut un ami, Nushiño, arrivé un beau jour, blessé d'une balle dans le dos, souvenir d'une expédition civilisatrice des militaires péruviens. José Bolivar et Nushiño parcouraient ensemble la forêt. Quand José Bolivar ne chassait pas en compagnie de son ami, il traquait les serpents venimeux, car le venin était bien payé. Deux fois par an, un agent du laboratoire où l'on préparait le sérum antivenimeux venait acheter les flacons mortels. La connaissance de la forêt de José Bolivar valait celle d'un Shuar mais il n'était pas un Shuar. Il apprit les rites et les secrets de ce peuple. Tant qu'il vécut chez les Shuars, il n'eut pas besoin de romans pour connaître l'amour. Mais les colons, attirés par de nouvelles promesses d'élevage et de déboisement, se faisaient plus nombreux. Les Shuars se déplaçaient vers l'orient en cherchant l'intimité des forêts impénétrables.

Un matin, José Bolivar prit la décision de s'installer à El Idilio et d'y vivre de la chasse. Un jour, il entendit une explosion qui venait d'un bras du fleuve. Cinq aventuriers avaient fait sauter le barrage de retenue d'une frayère pour pratiquer un passage dans le courant. Les Blancs tirèrent et touchèrent deux indigènes dont l'un était son ami Nushiño. Armé d'une sarbacane, il traversa le fleuve pour se lancer dans sa première chasse à l'homme. Ayant tué le chercheur d'or d'un dard de sarbacane et d'un coup de feu, il ramena le cadavre et les Shuars l'aidèrent à le sortir de l'eau. Les Shuars le considérèrent coupable de sacrilège, car il n'avait pas tué l'homme convenablement. Ils lui demandèrent de partir après lui avoir donné la meilleure pirogue et beaucoup de provisions. À dater de ce jour, il n'était plus le bienvenu parmi eux.

4. Au bout de cinq jours de navigation, José Bolivar parvint à El Idilio. Il construisit sa cabane et les habitants le considérèrent comme un sauvage et l'évitèrent. Il avait désormais tout son temps pour lui, découvrit qu'il savait lire au moment où ses dents se mirent à se gâter. Le jour où les douleurs devinrent insupportables, il ne put faire autrement que de consulter le dentiste. Il savait lire. Il possédait l'antidote contre le redoutable venin de la vieillesse. Il savait lire mais il n'avait rien à lire. Le maire accepta de lui prêter quelques vieux journaux mais José Bolivar les trouva sans intérêt. Un beau jour, le Sucre débarqua un malheureux prêtre expédié pour baptiser

les enfants et mettre fin aux concubinages. Le prêtre lisait un livre sur le quai lorsqu'il s'endormit. José Bolivar se mit à feuilleter l'ouvrage furtivement. C'était un livre sur la vie de Saint-François. Le prêtre se réveilla et lui demanda s'il trouvait sa lecture intéressante. Le prêtre repartit au bout de trois jours et José Bolivar sut alors qu'il lui fallait de la lecture. Il se rendit à la ville d'El Dorado afin de trouver les livres qu'il convoitait. Le dentiste le présenta à l'institutrice qui lui permit de consulter sa bibliothèque. Cinq mois durant, José Bolivar put ainsi former et polir ses goûts de lecteur. Il repartit au village avec le livre « Le Rosaire » de Florence Barclay, offert par l'institutrice. José Bolivar le lut et le relut cent fois devant sa fenêtre comme il se disposait à le faire maintenant avec les livres que le dentiste lui avait apportés.

5. José Bolivar dormait peu. Jamais plus de cinq heures par nuit. Le reste de son temps, il le consacrait à lire les romans et à divaguer sur les mystères de l'amour. Les nuits où il ne pleuvait pas, il laissait son hamac pour descendre au fleuve se laver. Pendant la saison des pluies, les nuits étaient plus longues et il prenait plaisir à paresser dans son hamac. Un matin, il entendit des cris : « Une pirogue ! Une pirogue qui arrive ! » Il s'habilla, se couvrit d'un carré de plastique et prit la direction du quai. Bientôt, le maire arriva sur la berge. La pirogue était à moitié submergée. À son bord se trouvait le corps d'un homme, gorge ouverte et bras lacérés. C'était Napoléon Salinas, un chercheur d'or victime lui aussi de la femelle ocelot. Le vieux dit que l'animal se trouvait probablement du côté du village. Les ocelots ne traversent pas le fleuve par un temps pareil. Ses paroles soulevèrent des commentaires nerveux. Les hommes attendaient une réponse du maire. Celui-ci déclara que l'animal était probablement déjà loin et qu'il était inutile de s'inquiéter...

6. Après avoir mangé, le vieux choisit un roman. L'histoire se passait à Venise et il y était question de baisers ardents. Quand arriva l'heure de la sieste, il avait lu quatre pages et réfléchi à leur propos. À Venise, apparemment, les rues étaient inondées et les gens étaient obligés de se déplacer en gondoles. Plus tard dans l'après-midi, il voulut poursuivre sa lecture mais des cris l'obligèrent à sortir la tête sous la pluie. Une mule affolée galopait sur le sentier. Elle portait des plaies profondes aux flancs et saignait abondamment par une entaille qui allait de la tête au pelage ras du poitrail. Quelqu'un reconnut la mule d'Alkaseltzer Miranda, un colon installé à quelque sept kilomètres d'El Idilio, qui tenait un misérable comptoir

de vente d'aguardiente, de sel, de tabac et d'Alkaseltzer d'où son surnom. Le maire donna l'ordre de préparer pour le lendemain matin une expédition en direction du comptoir de Miranda.

7. Les hommes se rassemblèrent à l'aube. La femme du maire servit du café et des munitions furent distribuées. José Bolivar aiguisait sa machette en crachant régulièrement sur la lame, puis fermait un œil pour vérifier la perfection du tranchant d'acier. Le maire portait des bottes de caoutchouc qui risquaient de gêner sa marche alors que les autres allaient pieds nus. Il donna le signal du départ. Ils pénétrèrent dans la forêt. L'eau tombait en lourdes rigoles. Ils allaient lentement à cause de la boue, des branches et des plantes. Deux hommes ouvraient le chemin à coups de machette, suivis du maire haletant et les deux derniers fermaient la marche en coupant ce qui avait échappé aux premiers. Au bout de cinq heures de marche, ils avaient parcouru un peu plus d'un kilomètre. Au milieu de l'après-midi, d'énormes nuages s'amassèrent de nouveau dans le ciel. Il leur devenait impossible de continuer, car ils n'y voyaient plus rien. Ils trouvèrent un terrain plat et coupèrent des feuilles de bananier sauvages pour en tapisser le sol. Pas question de faire du feu cependant, car la bête était certainement dans le coin. Les hommes se distribuèrent les tours de garde et la fatigue eut bientôt raison d'eux. José Bolivar veillait, adossé à un arbre.

Une fragile lumière commençait à rendre visibles les silhouettes des hommes et les formes de la forêt. Ils marchèrent pendant trois heures, toujours vers l'orient. Midi était passé lorsqu'ils virent la réclame déteinte d'Alkaseltzer qui indiquait le comptoir de Miranda. Ils trouvèrent le colon à quelques mètres de la porte, le dos ouvert par deux coups de griffes qui allaient des omoplates à la ceinture. Le cou atrocement déchiqueté laissait voir les vertèbres. Dehors, ils trouvèrent un autre cadavre. Le vieux reconnut Placencio Puñán, un prospecteur qui recherchait des émeraudes. Il était étendu, pantalon baissé. La bête l'avait attaqué de face et lui avait planté ses griffes dans les épaules et la gorge alors qu'il était sorti pour vider ses intestins. Miranda, entendant les cris, avait dû arriver juste à temps pour assister au pire, alors il n'a pensé qu'à seller la mule et à s'enfuir. Il n'est pas allé loin. Ils laissèrent le cadavre du prospecteur à plat ventre pour que la pluie implacable lave les vestiges de son ultime acte en ce monde.

8. Ils passèrent le reste de la journée à s'occuper des morts. Ils les enveloppèrent dans le hamac de Miranda et les balancèrent dans le marais. Les corps s'enfoncèrent en faisant de lourdes bulles. Ils revinrent au

comptoir et avant de se coucher, firent cuire du riz aux bananes. Le vieux prit son tour de garde. Il lisait à l'aide d'une lampe à carbure. Les autres commencèrent à lui poser des questions sur son livre. Le vieux se mit à leur en lire des passages qui parlaient de baisers ardents, de Venise et de gondoles. Soudain le vieux se figea. Les hommes comprirent et empoignèrent leur arme. De l'extérieur, on entendait le bruit ténu d'un corps se déplaçant. Le corps frôlait les arbustes et les plantes. Il décrivait un demi-cercle autour de la cabane. Le maire trouva la porte et vida son revolver à l'aveuglette contre la jungle. Au petit matin, ils inspectèrent les environs. Ils virent les traces de l'animal mais pas de sang. Le maire proposa de laisser José Bolivar chasser seul sous la promesse d'un paiement de cinq mille sucres provenant de l'État. Le reste des hommes devait rentrer pour protéger le village. Le vieux écouta la proposition du gros sans broncher. Il savait que le maire voulait se débarrasser de lui. Il accepta mais demanda des cigares, des allumettes et des cartouches supplémentaires. Le maire eut un soupir de soulagement et lui donna ce qu'il demandait. Ils se dirent adieu. L'obscurité vint dès le milieu de l'après-midi. Le vieux reprit sa lecture et son attente sous la lumière taciturne de la lampe. Il but plusieurs pots de café noir puis commença ses préparatifs. Il fit fondre des chandelles et plongea ses cartouches dans le suif afin qu'elles restent au sec si jamais elles tombaient dans l'eau. Il vérifia le tranchant de sa machette et sortit dans la forêt pour repérer une piste. Un peu avant midi, la pluie s'arrêta. C'est alors qu'il la vit. Elle se déplaçait avec lenteur, la gueule ouverte et la queue fouettant ses flancs. La femelle se montra à plusieurs reprises, se déplaçant toujours sur une trajectoire nord-sud. Le vieux la regardait se déplacer et fut plusieurs fois sur le point de tirer. Les heures passèrent. Il attendit le moment où, parvenue à l'extrémité sud de son parcours, la femelle effectuait sa volte-face. Il se réjouit en entendant la rivière en crue. Elle était tout près. Il reçut le choc des pattes de devant et roula le long de la pente en tournoyant sur lui-même. Il se releva en brandissant sa machette et attendit le combat final. Là-haut, la bête ne le quittait pas des yeux. Le vieux entendit le rugissement affaibli du mâle. Il était étendu à l'abri d'un tronc d'arbre mort. Le vieux s'approcha de l'animal blessé et tira. Il rechargea son arme. De longues et lourdes heures passèrent jusqu'à ce qu'une timide clarté se risque à l'intérieur de son refuge : une pirogue renversée. Il sentit l'animal qui le guettait. Il releva la tête, appuya la crosse du fusil contre sa poitrine et tira. Le sang jaillit de la patte de l'animal.

Il l'entendit s'éloigner. Il rechargea son arme. L'animal, arrivé à cinq mètres de lui, fit un bond prodigieux, griffes et crocs sortis. Il appuya sur la détente et l'animal s'arrêta en l'air, son corps se tordit et il tomba lourdement, le poitrail ouvert par la double décharge. Le vieux la caressa et il pleura de honte, se sentant indigne, avili, et en aucun cas vainqueur dans cette bataille. Il poussa le corps de l'animal dans la rivière et prit la direction d'El Idilio, de sa cabane et de ses romans qui parlaient d'amour avec des mots si beaux que, parfois, ils lui faisaient oublier la barbarie des hommes.

III. PRÉSENTATION DES PERSONNAGES

Antonio José Bolivar Proaño

Vieil homme au corps toujours nerveux, allant sur ses soixante-dix ans. Il sait lire mais non écrire. Dans la solitude de sa cabane face au Nangaritza, il lit à l'aide d'une loupe, des romans d'amour que le dentiste lui apporte à chacun de ses passages. Après la mort de sa femme, il a appris la langue des Shuars en participant à leurs chasses. Il a aussi appris à se servir de la sarbacane, silencieuse et efficace pour tuer les animaux, et de la lance pour capturer les poissons rapides. Il va à moitié nu en évitant les nouveaux colons qui le regardent comme un dément. Il jouit dans la forêt d'une liberté infinie. Il a appris des Shuars à se déplacer dans la forêt en posant la plante du pied bien à plat sur le sol. La vie dans la forêt a trempé chaque centi-mètre de son corps. Il a acquis des muscles de félin qui se sont durcis avec les années. Sa connaissance de la forêt vaut celle d'un Shuar. Il nage aussi bien qu'un Shuar et sait suivre une piste comme eux. C'est le personnage central du roman. Il est attachant, rêveur et aime la paix et l'évasion que lui procurent ses moments de lecture

Docteur Rubincondo Loachamín

Dentiste ambulant, il vient deux fois par an à El Idilio. Sa venue est accueillie avec soulagement par les habitants du village, surtout par les rescapés de la malaria, fatigués de cracher les débris de leur dentition et désireux d'avoir la bouche nette de chicots afin de pouvoir essayer l'un des dentiers étalés sur un petit tapis violet qui évoque la pourpre cardi-nalice. Le docteur Loachamín déteste le gouvernement, n'importe quel gouvernement. Fils illégitime d'un émigrant ibérique, il tient de lui une répulsion profonde pour tout ce qui s'apparente à l'autorité. Apprenant que le vieux désire lire des romans d'amour, il lui apporte des livres à chacune de ses visites au village. Le personnage du dentiste est particulièrement intéressant en ce qu'il représente toute la fragilité et la nature éphémère d'une quelconque entreprise d'amélioration des conditions de vie des habitants du petit village isolé au cœur de la jungle.

Josefina

Une prostituée d'Esmeraldas à la peau lisse et sèche comme un tambour. Le dentiste va chez elle régulièrement et lui emprunte des romans d'amour. Tous les six mois, elle sélectionne deux romans particulièrement riches en souffrances indicibles et les remet au dentiste pour qu'il les apporte au vieux qui a les mêmes goûts qu'elle en matière de littérature.

Les Jivaros

Indigènes rejetés par leur propre peuple, le peuple des Shuars, qui les considèrent comme des êtres avilis et dégénérés par les habitudes des « Apaches », autrement dit les Blancs. Les Jivaros sont habillés avec les guenilles des Blancs et acceptent sans protester ce nom dont les ont affublés les conquérants espagnols (Jivaro ou jíbaro veut dire « sauvage » en espagnol ».

Les Shuars

Indigènes hautains et orgueilleux connaissant les régions secrètes de l'Amazonie.

Dolores Encarnacion del Santisimo Sacramento Estupinan Otavalo

La femme de Antonio José Bolivar, ils se sont connus enfants et se sont mariés à quinze ans. Elle ne résiste pas à la deuxième année à El Ilidio et meurt, emportée par une fièvre ardente, consumée jusqu'aux os par la malaria.

Le maire

Unique fonctionnaire, autorité suprême et représentant d'un pouvoir trop lointain pour inspirer la crainte. C'est un personnage obèse qui transpire continuellement ce qui lui vaut le surnom de « Limace » par les habitants du village. On dit qu'avant d'échouer à El Idilio, il était en poste dans une grande ville de la montagne et qu'il a été expédié dans ce coin perdu de l'Est en punition d'un détournement de fonds. À part la transpiration, sa grande occupation consiste à gérer son stock de bière. Il vit avec une indigène qu'il bat sauvagement en l'accusant de l'avoir ensorcelé et tout le monde attend le jour où la femme l'assassinera. Il a la manie de lever des impôts sous des prétextes incompréhensibles. Les colons l'appellent « Excellence » quand ils s'adressent directement à lui mais se moquent dès qu'il a le dos tourné. Le personnage du maire représente tout le ridicule qui peut ressortir des tentatives de faire respecter la loi et l'autorité dans un village aussi isolé qu'El Idilio.

Nushiño

Indigène Shuar, il est le meilleur ami de José Bolivar. Nushiño est fort, la taille étroite et les épaules larges. Il défie à la nage les dauphins du fleuve et il est toujours d'excellente humeur. Nushiño meurt, la poitrine ouverte par des aventuriers blancs. Avant de mourir, il demande à José Bolivar de le venger. Mais, le vieux tue le coupable de la mauvaise façon selon les Shuars, ce qui condamne l'âme de Nushiño à rester et à se cogner aux arbres comme un perroquet aveugle, suscitant la haine de ceux qui ne l'avaient pas connu en venant buter contre leur corps, troublant les rêves des boas endormis, faisant fuir le gibier par son vol sans but.

Le prêtre

Malheureux prêtre expédié en mission par les autorités ecclésiastiques pour baptiser les enfants d'El Idilio et mettre fin aux concubinages. Il possède un livre sur Saint François que José Bolivar feuillette pendant que le prêtre fait une sieste. C'est le premier contact du vieux avec les livres. Le prêtre repart au bout de trois jours, n'ayant rencontré personne qui soit disposé à le conduire aux habitations des colons. Suite à cette rencontre, José Bolivar réalise qu'il lui faut des livres.

L'institutrice

Le dentiste présente à José Bolivar l'institutrice de l'école d'El Dorado qui lui permet de dormir dans l'enceinte de l'école et de consulter la bibliothèque. Elle possède une cinquantaine de livres rangés sur des étagères et durant cinq mois, le vieux peut former ses goûts de lecteur. L'institutrice permet à José Bolivar de prendre le « Rosaire » de Florence Barclay.

Napoléon Salinas

Un chercheur d'or, un des rares individus à ne pas se faire arracher les dents gâtées mais préférant se les faire consolider avec de l'or. Il a la bouche pleine d'or. Il est retrouvé mort dans la forêt.

Alkaseltzer Miranda

Colon installé à quelque sept kilomètres d'El Idilio. Il est arrivé avec son frère, qui est mort de la malaria il y a longtemps. Sa femme l'a quitté et est partie avec un photographe ambulant. Il a cessé de cultiver ses terres occupées par la jungle, pour tenir un misérable comptoir de vente d'aguardiente, sel, tabac et Alkaseltzer — de là son surnom — où s'approvisionnent les chercheurs d'or qui ne veulent pas se rendre jusqu'au village. Sa mule est retrouvée, portant des plaies profondes aux flancs et saignant abondamment par une entaille qui va de la tête au poitrail. Il est trouvé à quelques mètres de la porte de son comptoir, le dos ouvert par deux coups de griffes qui vont des omoplates à la ceinture. Son cou est atrocement déchiqueté et laisse voir les vertèbres cervicales. Il est mort à plat ventre et tient encore sa machette.

Placencio Puñan

Un prospecteur qui ne cherche pas de l'or comme les autres mais des émeraudes. Il est retrouvé près du comptoir d'Alkaseltzer Miranda, étendu, pantalon baissé, les épaules labourées par des griffes et la gorge ouverte. Sa machette plantée en terre indique qu'il n'a pas eu le temps de s'en servir.

Onecén Salmundio

Octogénaire natif de Vilcabamba qui témoigne de l'amitié à José Bolivar à cause de leurs origines montagnardes communes. Il avertit le vieux que le maire veut le faire expulser de chez lui, car sa maison est construite sur un terrain appartenant à l'État.

IV. AXES DE LECTURE

Le peuple des Shuars

Les tribus Shuars et Achuars appartiennent au groupe Jivaro. Vivant au cœur de la forêt amazonienne, entre l'Équateur et le Pérou, ces communautés perpétuent le mode de vie ancestral : une agriculture en forêts, la chasse à la sarbacane, la cueillette et la pêche. Ils ont développé une culture orale particulièrement riche en connaissances sur leur environnement naturel, comme en attestent la richesse de leurs pratiques médicales et leur connaissance des plantes médicinales de la forêt. Ce patrimoine culturel s'exprime à travers leur cosmologie et leur mythologie ainsi qu'à travers leurs rituels, leurs pratiques artistiques (danse, musique, peintures, artisanat) et leur langue, dépositaire des mythes et légendes qui retracent l'histoire de leur peuple. Leurs vêtements traditionnels sont, pour les hommes une jupe en coton largement colorée de manière naturelle, et pour les femmes, une tunique attachée sur une épaule et maintenue à la ceinture par un cordon. Hommes et femmes aiment arborer des bijoux et autres couronnes de plumes. Ils croient en une évolution de leur être à travers trois étapes qui leur donneront trois âmes, trois esprits. Dès l'enfance, le Shuar commence à chercher l'esprit Arutam (à partir de six ans), à travers des pèlerinages en des lieux sacrés comme les cascades, et en restant quelques jours sans manger. Plus tard, il découvrira également le pouvoir des plantes hallucinogènes afin d'acquérir ses autres esprits.

La maison traditionnelle Shuar est une hutte en bois et feuilles de palmiers en forme d'ellipse. À l'intérieur, les sections séparées confirment les différences entre l'homme et la femme. La section réservée à l'homme sert également à recevoir les visiteurs alors que le côté des femmes abrite la cuisine. La coutume qui les rendit célèbres, la réduction des têtes de leurs ennemis (surtout chez les Shuars), était destinée à laisser un témoignage de la victoire et à prouver que les ancêtres avaient été vengés. En effet, la guerre joue un rôle essentiel dans la vie de ces communautés : elle confère le prestige, renforce la solidarité, raffermit l'identité des groupes et permet le renouvellement rituel des âmes. Ils nous impressionneront avec les danses rituelles dites « du serpent », de « l'Ayahuasca » (breuvage rituel pour se fortifier et se purifier et provoquant des visions pour se connecter au monde spirituel), de la « tzantza » (coupeurs de têtes). L'auteur fait d'ailleurs allusion à cette pratique à la fin du chapitre trois. Les Jivaros, très imprégnés de leur culture traditionnelle et après avoir repoussé bien des entreprises de conquête, sont conscients de la nécessité d'œuvrer pour préserver leur mode de vie traditionnel et leur milieu ambiant. C'est dans ce cadre qu'ils sont regroupés autour de l'association Yawint's Arutam Mura qui a pour objet de fortifier la culture Shuar par la création d'une Université des Savoirs Ancestraux, le développement de l'éducation scolaire primaire et secondaire (aujourd'hui sinistrée) et d'autres programmes éducatifs dans une visée non d'intégration mais de faire vivre la culture Shuar dans des conditions décentes pour le XXIe siècle.

La forêt amazonienne

L'histoire se déroule dans un petit village perdu au cœur de la forêt amazonienne. Les conditions de vie des habitants y sont décrites d'une façon imagée et plutôt colorée. Tenter de faire régner la loi et l'ordre comme le fait le maire du village, dans cette contrée perdue, loin de toute civilisation relève de l'utopie. Les ravages de l'homme sur la forêt semblent être une préoccupation de premier ordre pour l'auteur. Vivre dans la jungle amazonienne représente tout un défi. Il vaut mieux adopter le genre de vie des Shuars et suivre leurs conseils comme l'apprit à ses dépens José Bolivar en payant chèrement son ignorance de la forêt qui peut devenir un véritable enfer pour ceux qui ne connaissent pas ses lois.

Les bienfaits de la lecture

L'auteur démontre d'une façon évidente les bienfaits et l'évasion que peut procurer la lecture pour une personne qui vit dans un milieu et dans des conditions tels que ceux que connaît José Bolivar. Le vieil homme aime lire des romans d'amour. Sa vie ne lui a pas apporté d'occasions de faire l'expérience de ce tendre sentiment alors il se contente d'en lire les effets et le bonheur que le sentiment amoureux procure aux différents personnages de ses livres. Grâce aux romans d'amour, José Bolivar arrive à se consoler de toutes les horreurs dont il est le témoin dans la jungle amazonienne.

Dans la même collection en numérique

Les Misérables

Le messager d'Athènes

Candide

L'Etranger

Rhinocéros

Antigone

Le père Goriot

La Peste

Balzac et la petite tailleuse chinoise

Le Roi Arthur

L'Avare

Pierre et Jean

L'Homme qui a séduit le soleil

Alcools

L'Affaire Caïus

La gloire de mon père

L'Ordinatueur

Le médecin malgré lui

La rivière à l'envers - Tomek

Le Journal d'Anne Frank

Le monde perdu

Le royaume de Kensuké

Un Sac De Billes

Baby-sitter blues

Le fantôme de maître Guillemin

Trois contes

Kamo, l'agence Babel

Le Garçon en pyjama rayé

Les Contemplations

Escadrille 80

Inconnu à cette adresse

La controverse de Valladolid

Les Vilains petits canards

Une partie de campagne

Cahier d'un retour au pays natal

Dora Bruder

L'Enfant et la rivière

Moderato Cantabile

Alice au pays des merveilles

Le faucon déniché

Une vie

Chronique des Indiens Guayaki

Je voudrais que quelqu'un m'attende quelque part

La nuit de Valognes

Œdipe

Disparition Programmée

Education européenne

L'auberge rouge

L'Illiade

Le voyage de Monsieur Perrichon

Lucrèce Borgia

Paul et Virginie

Ursule Mirouët

Discours sur les fondements de l'inégalité

L'adversaire

La petite Fadette

La prochaine fois

Le blé en herbe

Le Mystère de la Chambre Jaune

Les Hauts des Hurlevent

Les perses

Mondo et autres histoires

Vingt mille lieues sous les mers

99 francs

Arria Marcella

Chante Luna

Emile, ou de l'éducation

Histoires extraordinaires

L'homme invisible

La bibliothécaire

La cicatrice

La croix des pauvres

La fille du capitaine

Le Crime de l'Orient-Express

Le Faucon malté

Le hussard sur le toit

Le Livre dont vous êtes la victime

Les cinq écus de Bretagne

No pasarán, le jeu

Quand j'avais cinq ans je m'ai tué

Si tu veux être mon amie

Tristan et Iseult

Une bouteille dans la mer de Gaza

Cent ans de solitude

Contes à l'envers

Contes et nouvelles en vers

Dalva

Jean de Florette

L'homme qui voulait être heureux

L'île mystérieuse

La Dame aux camélias

La petite sirène

La planète des singes

La Religieuse

1984 A l'Ouest rien de nouveau

Aliocha

Andromaque

Au bonheur des dames

Bel ami

Bérénice

Caligula

Cannibale

Carmen

Chronique d'une mort annoncée

Contes des frères Grimm

Cyrano de Bergerac

Des souris et des hommes

Deux ans de vacances

Dom Juan

Electre

En attendant Godot

Enfance

Eugénie Grandet

Fahrenheit 451

Fin de partie

Frankenstein

Gargantua

Germinal

Hamlet

Horace

Huis Clos

Jacques le fataliste

Jane Eyre

Knock

L'homme qui rit

La Bête humaine

La Cantatrice Chauve

La chartreuse de Parme

La cousine Bette

La Curée

La Farce de Maitre Pathelin

La ferme des animaux

La guerre de Troie n'aura pas lieu

La leçon

La Machine Infernale

La métamorphose

La mort du roi Tsongor

La nuit des temps

La nuit du renard

La Parure

La peau de chagrin

La Petite Fille de Monsieur Linh

La Photo qui tue

La Plage d'Ostende

La princesse de Clèves

La promesse de l'aube

La Vénus d'Ille

La vie devant soi

L'alchimiste

L'Amant

L'Ami retrouvé

L'appel de la forêt

L'assassin habite au 21

L'assommoir

L'attentat

L'attrape-coeurs

Le Bal

Le Barbier de Séville

Le Bourgeois Gentilhomme

Le Capitaine Fracasse

Le chat noir

Le chien des Baskerville

Le Cid

Le Colonel Chabert

Le Comte de Monte-Cristo

Le dernier jour d'un condamné

Le diable au corps

Le Grand Meaulnes

Le Grand Troupeau

Le Horla

Le jeu de l'amour et du hasard

Le Joueur d'échecs

Le Lion

Le liseur

Le malade imaginaire

Le Mariage de Figaro

Le meilleur des mondes

Le Monde comme il va

Le Parfum

Le Passeur

Le Petit Prince

Le pianiste

Le Prince

Le Roman de la momie

Le Roman de Renart

Le Rouge et le Noir

Le Soleil des Scortas

Le Tartuffe

Le vieux qui lisait des romans d'amour

L'Ecole des Femmes

L'Ecume Des Jours

Les Bonnes

Les Caprices de Marianne

Les cerfs-volants de Kaboul

Les contes de la Bécasse

Les dix petits nègres

Les femmes savantes

Les fourberies de Scapin

Les Justes

Les Lettres Persanes

Les liaisons dangereuses

Les Métamorphoses

Les Mouches

Les Trois mousquetaires

L'étrange cas du Dr Jekyll et de Mr Hyde

L'Ile Au Trésor

L'île des esclaves

L'illusion comique

L'Ingénu

L'Odyssée

L'Ombre du vent

Lorenzaccio

Madame Bovary

Manon Lescaut

Micromégas

Mon ami Frédéric

Mon bel oranger

Nana

Ne tirez pas sur l'oiseau moqueur

Notre-Dame de Paris

Oliver twist

On ne badine pas avec l'amour

Oscar et la dame rose

Pantagruel

Le Misanthrope

Perceval ou le conte du Graal

Phèdre

Ravage

Roméo et Juliette

Ruy Blas

Sa Majesté des Mouches

Si c'est un homme

Stupeur et tremblements

Supplément au voyage de Bougainville

Tanguy

Thérèse Desqueyroux

Thérèse Raquin

Ubu Roi

Un Barrage contre le Pacifique

Un long dimanche de fiançailles

Un secret

Vendredi ou la vie sauvage

Vipère au poing

Voyage au bout de la nuit

Voyage au centre de la terre

Yvain ou le Chevalier au lion

Zadig

À propos de la collection

La série FichesdeLecture.com offre des contenus éducatifs aux étudiants et aux professeurs tels que : des résumés, des analyses littéraires, des questionnaires et des commentaires sur la littérature moderne et classique. Nos documents sont prévus comme des compléments à la lecture des oeuvres originales et aide les étudiants à comprendre la littérature.

Fondé en 2001, notre site FichesdeLectures.com s'est développé très rapidement et propose désormais plus de 2500 documents directement téléchargeables en ligne, devenant ainsi le premier site d'analyses littéraires en ligne de langue française.

FichesdeLecture est partenaire du Ministère de l'Education du Luxembourg depuis 2009.

Plus d'informations sur www.fichesdelecture.com

Notes :